94歳キミちゃんのひとりごと

茂木希美與
MOTEGI Kimiyo

文芸社

目次

睦月

MUTSUKI

一月一日

元旦や流れる
荒川水の音
なつかしや

正月や見舞なく
老齢者患者コロナにて
さびしい人生だ

初詣
ペットボトルをこしにぶらさげて
参拝する

一月三日

正月は人と人の間に大切な行事
おたがいにけんこうと幸せねがう
ありがとう　良い年になりますように　いのる
遠い人思う　近い人思う

一月五日

人生は良い事半分悪い事半分

上りもあれば下りもある
ならせば同じ

久々のファンデーション
落ちつく場所は
かおのしわの中

どんなきれいな着物着ても
しゃしんにうつしても
年齢にはかてない人生だ

好きで生まれて来た顔ぢゃない
それでもがんばらなきゃいけないんだもの

がんばろうね
親から戴いた顔だもの
大切に大事にしよう

身体近き
身体心ぞうに近し
働きありといふ

足のふくらはぎ
ゆず湯にて　足温める
冬至湯

Ｂ29飛行機の音

聞き分けた耳もおとろへ
令和を生きる我れ幸せ

友人として
生かされているよろこびつたえる
作文をつゞる

ぶつだんのおさがりのみかん
甘き事
風布みかん

＊「風布（ふうぷ）」は埼玉県寄居町の集落名

一月六日

ささえられ　庭に降り立つ　病のわれ
咲く花に礼を　ありがとういふ

風なきに　もみじ葉散る　ひるの庭
音なき冬の日　西のそらにしずむ夕日

農耕は　青空相手　土相手

ふっと忘れる　コロナの事　おそろしい病気

競走し勝ち馬は湯気のたち

しばらくしずかにからだ休ませ
走ったコースもふり向きもしないで
未来を見つめるだけ
可愛い　馬だよ

今日もまだ　無言の冬木立ち

一月七日

みそ汁の　匂いがぷーと　鼻にくる
散歩の途中にて　母を思う朝

致し方なく老いる我
好きこのんで老いるのではない
本当に致し方なく人生は老いるのでしょうね
人生は皆同じさびしい人生だ

育てて戴いた時より
嫁いだ年齢長く
働き氏神様を守り
家族を大事にし
我が身を一つくらいほめてやっても良いと思う

今日は七日　食事七草かゆ戴く　おいしかった

一月八日

着ぶくれて　着ぶくれのかげ　つれて歩く

山眠る　神神しくも　かまふせ山

若き日に　友と習いし　茶を点てて
友と一日を　なごむ我れ

何もかもうばいし年を惜む

童心返り　呆けぬ　日向ぼこ

音もなく　山の秩父の　冬暮る

寒さで指がかじかんで　缶からドロップ出せない

郵便屋さん　お願いがあります
この手紙を天国の母に届けて下さい
母の誕生日です

大学合格の孫娘　生れて初めてのアルバイト
姉さんかぶり　運びやさん
お客さんが美味さ増すよう　にこにこ顔で

一月九日

若き頃の日　朝起きる目覚めは苦しかった
九十才過ぎし今は　目覚め安らぐ

戦争で何キロ先に敵がいるとかが分れば安心
コロナは見えない
人間はこれからも見えない敵を相手する
正体のわからないのはおそろしい
自分の身気をつけて元気で行きましょう

一月十一日

コロナウイルスの拡大で
色々な器具が登場した
これが肌に少しふれるだけで
体温が測れるなんて
便利な体温計ですね
私達もこうゆう時代に生きていくなんて
幸せですね

幼き子供の頃　育てゝもらった日日
古里が　加齢とともに恋しくなり

我が背丈より　はるかに越ゆる孫に
見守られ歩く　畑のあぜ道

働けるよろこび　夕やけに祈り
両手を合せ　農具しまう

早朝にきこえる　汽車の音
今日は良い事ありそうだ

お月さんと話せる窓明けておく

良き事はすぐに進んで神のおみくぢ

七転び八起き　途中にてUターンする我

一月十三日

生きているような
パチンと音がする
ペットボトルの音

三毛色のきれいなやさしそうなねこ
日だまりに横になって
腹式呼吸してねているねこ
去っていけばさびしい

身にしみ　暑い日々を思う　この頃
　自分の健康は　自分で守らんとね

桜愛する行事を　ふみにじる政治

秩父の峯より夕焼は
真っ赤に染め　たちまち淡いピンク色に染める

　一月十四日

令和三年一月十二日　職員さん来る

今日娘さん　お茶と柿の種持って来てくれたと
話に来てくれた
明日この部屋で食べるように持って来るからね
と言いにきた
そのつもりでいた
十三日二時半頃　茶が入ったからと言葉かけて戴く
その時に柿の種が戴けるものと思った
三時の休みの時に出るからといわれた
休みの時はパンと茶が出た
戴いて食べたその後に柿の種が出る
我が身の後ろに職員さん二人立って見守っている
私は人の物ぬすんで持って来て食べてるのではない
娘が持って来てくれた菓子

いそがしい身の間に川越から持って来てくれた物だから
大事に食べなくては悪い気持でいっぱいです
何で私が食べてる間に見守っているのか
食べ残ってもすてるような事はしないつもり　物は大事
私が席にいる内は二人が後ろに立って見てくれた
何か悪い事したのですかね
柿の種がのこれば夜茶飲む時に食べるつもりでいた
柿の種もななつぶ位だったかな　のこさづ戴いた
人に茶入れる時は空茶出すな
親には子供の頃から良く言はれ
畑たがやすより大変なのだ
つまみをつけて

一月十五日

松の内過ぎし　松の内のんだり食べたりすごし
気がゆるみ反省する我れ

右によれ　左によれて　もどる我れ
又リハビリに　歩くろうかを

昨夜ひと夜眠れず過ぎて
窓にさす光　あわれ身にはじむ

主人と旅行思い出ある富山県の薬科大学の近くのホテル泊る

主人は酒が好きで夜おそくまで飲んで食べていた
宿のおかみが来てチンチンかゆいと言ふ
何だと思ふ
あとで聞いたら土地の方言で
早く食べなさいとの事ださうです
良い思い出になりました
若い頃の思い出

車いすの人がとびらにはさまる
素早く助けて　点滴をしている患者さん
通りがかりの人が助けてくれた　有難う

一月十七日

冬晴れに　右左に　石だん登り
　我か身の影　ふみ登り

昔はと言ひやめる
若い人の前で年寄りはこうだったあゝだったと
良く言ふ前に聞いたよといわれるかなと
反省したり　言いかけをやめる我

長方形のかたちで始まる飲み会が
だんだんに丸くなってくる

仕舞ひたる　膝掛探す　余寒かな

一月十八日

幼き頃　母と歩きし　古里の
　こいしい落葉の　道しのばせる

地味で　何のかざりもなし　よくもなし
よく生きての　しみじみと心にしみる　我が人生だ
野の花にいつも元気をもらいます

風にゆれてる赤黄色の花

朝が来て　生きている　目ざめ

一夜明け　ねこにありがとう言ふ

我が子孫等が受験のたびに
願ひをひそかに茶をたて
神様仏様に頼む
すきな茶飲まずお願いする祖母
一切は願掛け

一月十九日

職員さん皆美人
健康で皆マスクして
同じ顔
誰が誰だかわからない
我が身けずってまでも
老弱の老人見てくれる有難さ
やさしい心持ち

からからののどを飲み込む
空気の乾そうする冬の寝起き
のど飲み込むこと出来ない

老人ホームに世話になり
母の衣類に名を記す
呆けぬよう転ぶな祈る娘に言う
有難うよ

一月二十日

階段に足かけた　ふんわりと落葉降って来た

知人毛糸
手の先指にて

あみ物一生懸命あむ
はなれて見ると
手話している様に見える

朝床にて目ざめ
今日も一日元気で幸せ多かれと祈りて起き
背伸びするそばにねこいる
ねこも背伸ばし
ねこは可愛い背伸びだよ
我の背伸びははずかしいね

今日は二十日　えびすこうだね
皆んなで元気でがんばりませう

一月二十三日

我が身の背中に子供背おい
ねんねこ着て同じ高さ親子供ワンワンいたよ

花咲いてるよといえるうれしさ

自転車に乗るペダルふむ
足地につかず足だけがちうに浮かんだまゝ

冬の暖き朝　アンパンマンのぬいぐるみ

ベランダに干す　空を見上げており
心の音　たしかめつつ　湯ざめかな

一月二十四日

人生若い時もあった
皆んなきれいだった
十代の時は親の前でおおはしゃぎだった
三十代は親とにらめっこ
四十代の日は姿なっとくした
五十代はほゝふいて笑った

七十代は捨てて笑った
私たちは赤い糸で結ばれていたのね
五十過ぎたら内職が勝負
家のため子供のために働く夫婦でした
主人も早く亡くなり
でも元気の時は友人と世界旅行に連れてってくれた
ホンコン　マカオ　北廻り
ドイツ　フランス　ニュージーランド
カナダ　アメリカ

中高年　仕事は副作業

景気は不安定

生活も不安定
天気も不安定
安定しているのは我が体重のみ位かな

車いす落葉の方へ　まがり行く

秩父の峯　山空の色に　重さあり
夕焼おしむ

過ごしなき　年を重ねて　日々感謝する我

一月二十六日

あきらめずに　すてきなかほ
笑がおは　あなただけの特産の品物だよ
あきらめずに大切にしよう
自分の物だからね
親から戴いた物だからね
いつまでもいつまでも長く大事に
大切にもって行こうよ

わが老の身の作品を読みて
はげまして下さる友人の有難さ

牛飼いに　休日は無し　今朝の春

さく乳して　初日拝む

一月二十七日

無農薬のキャベツの葉　はがせば安心して食事出来る

寒さとかく心に沈む夜は　ゆずのお日様風呂に入れ身体温めり

やわらかき日射しを愛すように受けし　散歩途中にて石にてからだ休めり

牛の像　神々に新たに祈る　今年は丑年なり

一月二十九日

死ぬのは自分だけ
自分の生活を誰かに決められてたまるか
いくら老いても命より大事なものはない
人生の最期とどう向き合うか
在宅で命輝く
どんな生き方死に方が幸せなのか
ヒントいっぱい我が家で
住みなれた環境で
自分らしく終りたいね　人生も

一月三十一日

通勤中は良い運動だったよ
消毒液で再々手合せはくしゅする
雪降るみぞのうちにて車おちる

如月

KISARAGI

二月二日

木の葉降るベンチに腰をおろすさき無くて

二月三日

夢も見づ　朝には目覚めて　ひとり身を味わふごとく
大きく伸びをする我れ

服着て歩く犬見るがね
子は防寒服はきらいなのかね見た事はないね
寒い日でも平気で素足で歩いている

くつ下もはかないでね

ねこはマタタビの葉がすきなのかも知れないね
廻りころがってねころんだりする
人間をさす虫の蚊はマタタビの葉遠ざかる

我のぐち聞いてくれるのは茶の友達だけ

風に舞ふ音もそれぞれでおち葉かな

我が胸の言葉はなれて息苦しい

からからののど飲み込む寝起き冬の朝

二月四日

二月四日　風呂に入れて戴く
湯上りの帰りにて廊下　目見上げると
私の氏名と誕生日が
友人もあった
何と有難さや
氏名見ただけで親を思い出す
涙出る

二月六日

悪かった事は捨て良い事をひろって
明日の飯のおかずにするように　と夢を見た
親と言ふ人はあの世へ行っても子供の事はいつも思ってくれる
仏様は有難いよ
泣けて来た

二月八日

職員さん来る食事の度々に
消毒にたれし手指にふれし

両手合せ神に一礼する
いただきます

若き頃　身を粉にしてまでも働き
子供のため我が家の氏神を守りつぐ

俺のぐち聞いて呉れるかねー

鼻歌を歌い洗濯する我れ

二月八日

受験の時期になると
遠い昔の高校の頃を思い出します
我が家は古い農家だったため
勉強部屋はなく
ただひろい部屋に机があるだけで
暖房の設備は火鉢位で一つあった
寒さはげしくその時はちゃんちゃんこ着て
その上に綿入れのはんてんを着て
寒さしのぎました
二枚着ると布団にくるまっているのと同じ
眠くなる事もあった
同居している祖母が手作りで縫ってくれた
ちゃんちゃんことはんてんは暖かかった

時々思い出す幼き頃
ぬくもり手作りのはんてんとちゃんちゃんこ　あたたかかった

朝目覚め夢見る
親が名附け育てゝくれて
人生って長いようでみぢかい
色々あった運わるい事は
今日もまた東からお日様上って来た
今日の日は二度とこないよ

はっきり　うっかり　どっくり　がっかり
そっくり　ぽっくり　あっさり　めっきり
さっぱり　ねっきり　とびっきり

はな歌を歌いつつ洗濯する我れ
いつまでもあると思うなよ親とかね
生きているだけで幸せなのだ

二月十二日

世の中で　我れが一つ持っているだけで
花だけど大事に大切に良いにほいかがせてね
コロナ風に当てないよう時々えいようざいクリームつけ
はなの近くの所まで肥料くれましょう

特にね花は花でも
我が身についている顔の所の鼻だよ
失礼しましたね
何時までも大切に長くもたせましょうね　はなを

夢の中へ行ってみたいよ
私死んでも墓場の前で泣かないでね
私は広い大空の上をとんでいるからね
あの世は大空

二月十五日

若き頃の朝目覚めは苦しかったが
今は老いて来たが目覚めは安心だ

二月十六日

ゆっくりと朝手に取る新聞　毎朝配達してくれる　職員さんの有難さ
毎日がたのしみ　目をとおす　よませて戴いて居ります
夜をこめて　星の作りし　霜柱たつ

二月二十日

天国が近くに見える様な
夜の食事の汁おいしい
答えなどくれない空に話しかけ
誰かと誰かが話する　耳かたむける
にぎわいと言はず　こんざつと言ふ　差別
職員さん
老弱の老人の手を取り　足小巾で

あゆみゆっくりと身を支え合い
面倒見て下さる
やさしい心をもつ有難さや
皆んなで元気でがんばろう

二月二十三日

病みてのち　老いも追いつき　我が身には
　希望なければ　なぐさめあり　元気が出る
墓場の入口に立つ裸木　枝に春待つ芽あり

新聞読み始め　よだれたらして　いねむりし
我はかなしい　九十三才

おたがいの　葬儀にはもう　行けずつらい　友とわかれ

間ちがって押したボタン
ジュースがおいしくて正しいまちがい
そんな日もある

古びたる　家もふくらむや　春日和り

二月二十四日

すれちがう人ラジヲ持つ　我も持つ
ラジオの音　局も同じなり
寒い夜　汁なべのふちめぐる　トウフの角くづれる
ひとりごと言ふ　誰も返事する人もなし
耳をかす人もなく　答へる人もなし

二月二十五日

この世で一番大切な物は我が身の命だけ
次に大切なのは子と孫ですね
金はこの世の廻り物です
正直は一生の宝物
人生は生きている限りは
大切にする物は仏様と神様だよね
うそも方便で使用する事もあるけど
良くない事だよね
木が枯れるように願う人生だ
終りになりたいね我
温もりは重ね着よりも心あたたまる

何時までも仰(あお)ぐように見つめている我が子
元気でいてくれよ
何もかも良く気がついて働いて
親思ってくれたね

おやすみと　言ふ自分に声かけて　ねむりにつく我れ

二月二十六日

去年の今日（令和二年二月二十六日）は
コロナ病気の事で家族友人皆面会が出来ず残念

コロナに負けぬよう元気だしてがんばらうね

あら川に　いかだうかばせ　コロ菜つみ
　　　　ちちぶれんぽう　ながれて行くよ

秩父の峯　谷間谷間の　川に流れ行く

三峯山から眺める夕焼け
空一ぱいに真赤にそまり
りょう手合せて
今日も一日幸せ（多かれ）あるようにと拝む

冬は上州の風または

冬は赤城山おろし
と呼ばれる季節風も
ようやく収まって
春らしくなって来た
でもまだまだ冷たい風がある

二月二十八日

母探すよう　湯たんぽ探す

右の庭　左の庭も　日向ぼこ

煌々と　ポストに照らす　冬の月

孫言う　おばちゃんが種蒔いた芽出たよ

何時まいたか　我れわすれた

弥生

YAYOI

三月三日

三月三日　おひな様祭り
十二単の　着物着て
マスク掛け　コロナ病にうつらない負けないように並ぶ

初旅行　健康と言ふ　パスポートむねにだき
夢の中へ行ってみたいよ我れ

三月四日

冬寒し　客もてなせり　茶を点てて

暗い夜
白いマスクを
花びらのように浮かばせて
すれちがう人
手袋を外し
たがいの手をにぎる

三月五日

自転車でようやく登り切る坂道

彼方に冬の夕焼ある

今日も炊きたての御飯戴いてね
前向きに生きて行こうよ笑ってね
今日も一日幸多かれと祈る

秩父峯山仰ぐ
空いっぱいに光る星
その中に一つが我が星あり
りょう手合わせて一礼する

三月六日

人生は大木の木と同じ
枝から一本一本枯れて行く
身体大切に

人の身体の痛さは同情ができるけど
身代わりは出来ない

お風呂上りのかさつく背に
塗ってくれるオリーブオイル
寒い所にて　職員さん手の平にてしてくれる
やさしさ親切有難さや

廊下を歩く我足いたさにて
もう少し頑張らうね　気をつけてね
と声をかけてくれる職員さん
何とやさしい心を持っている

吸う息が　針のごとく　肺をさす
　まだ明けきらぬ　冬の朝の寒さかな

三月七日

ゆうぐれに　怪しきほどの　満月が
元年　むっくりと出る

三月八日

生きがいのしゅみが　老後たのしみ　させてくれる

人生を　楽しく生きる　笑い声

あれこれと　思いなやんでも　無駄となる

人間の　知恵が人間を　苦しめる

廊下に立ち　リハビリにて歩く　一歩

三月九日

白い牛乳　温いうちに飲む
　ゴクンと喉鳴らして飲む
　　なんとうまいかな

夢も見ず　朝目覚めて
　ひとり身を味わうごとく
　　大きく伸びをする人生

二階の男女とわず　一つの釜の飯たく　職員さん

家族同様にあたたかいうちにいただく　有難さ

三月十日

樹葉や今なら父母温泉にと
　孝行したい時には親はなし

両親の魂に届きますよう祈る
　前向きに生きて行こうと笑ってね

春の桜を　誰でもが　楽しみに待つ

三月十一日

巡回を終えて　仮眠室にて寝る　数分間
職員さん　おしろい花の思わせるにおい　部屋にて
今日は寒い　あったかくなる言葉掛け合ふ　風呂上り

三月十二日

津波で亡くなった人霧となって
あるいは花となり又は若葉となり

はすの花の上にて世の中へ帰って来る
君達といっしょにすごした頃を思い出す
忘れないよ

三月十三日

どうしても　朝焼け好きで　早寝すき
古稀すぎ人生　いろは学び

メガネかけ　メガネがないかと　我れに聞く

暗い過去　聞いて残った　わだかまり

早足から　かけ足になる　寒さかな

じゃあまたと　握手の手の平　ふくよかで　瞬間夫に　似てきた孫

三月十四日

音楽流れる部屋の空気入れかへる

窓を開け冷たい風が机の上に流れる

雑誌をめくる風

職員さん道路を歩いて
紅梅の花が咲いていたとの事話してくれた
もうすっかり春が来た

老樹にも　ピカリと光る　新芽あり
人生も同じ　元気で頑張らうね

寒い夜　曲をさぐる　ラジオの周波数

畑少し暖くなり
巾広く　さく高く　盛り鍬始まる農仕事

三月十五日

桜満開　コロナにて
延長になれば
桜　いいなあ
春よこいこい春よこい
コロナじゃないよ春

朝が来た　今日の予定を考える
夜が明けない日はないが
その朝の暦に　それから書き込む古暦　凡人たる証し

陽が落ちる前に　明日の欄を頭にきざみつければ
慌てないで済む

たいした考へは出来ないけどね
夜は寝るようにと先生に言はれた

三月十七日

立春の　指のすきまの　朝日かな

亡き夫の日記があり読み直し
私にほめ言葉あり

逢ってお礼が言いたい
もう少し待ってもらいたかった
過ぎ去ってみれば
夫以上の人がない
二人の絆は固かった
娘孫達は手元におきたいね
私の思う様な訳にはいかないね
世がかいけつしてくれるね
私も自分の事考へれば良いのかね

三月十八日

あいさつされ思はず会釈したけれど
誰とは判らぬまゝ

クーラーを付けては少し音量上げる　ラジオの声かすれたる

夕方は気になるニュース見る　各地のコロナ感染者の数

今日を謝し　あしたを望む　夕焼空

今日は彼岸入りだ　まちにまった彼岸だね
家にかえって来てもらへるのに
私るす番出来なくてごめんなさいね
花、線香、ぼたもちも上げられなくて悪いね

三月十九日

一人占め　日の出見える窓にて　幸せ

言葉言い様で友と歩みし私を背中の温かみ
落ち込める者を知る友の頼もしさ
いつもあなたの側にいる

野菜たちに耳をすませばとどく声
きょうより明日がおいしいですよ

池凍る　朝の太陽　ひび割れて
（厚く氷が張って池に朝日の差し込みがとどいた）

朝起きる
自分の名前を呼び
七回か八回くらい言ふ
祖父母親父母祖先を思い出す
しぜんに涙が出る
泣けて来る　その日は良い事がある
又気にかゝるような事があっても
相手の気持ちになって
気にもせず一日がすごせる
自分の名前言ふて

ありがとうと言ふ
毎日唱へる
良い事巡って来ること
私はしんじている
今の所は身弱だけど
どうにか皆さんにおせわになって
働けて居ります

三月二十日

無理すまい　一たす一は　このように
日々の歩みは　がんばるつもり

だが高齢者になると無理は出来ない我れ
玉算だって玉が一つなのに二は引けないね
そんななまいきな事言うけど
それが私の泣き言で
気分をなぐさめている人生なのです
私もおじゃま虫だけど面倒見て下さい
歩けるかぎりは廊下を歩かして下さい

手をつなぎ　日向をえらび
歩を合せて　仲良く歩く

三月二十一日

春分の　街の様子に　変わりなく
交番の前に　旗日と気がつく

三月二十二日

じじでもばあでもあなたがすきよ
若い者から見れば何でも良い
いざ年を取ってみれば
気分は昔と変わらない
じじいばばあと呼んでも

父母が許してくれるでしょう
三十三回忌が五十回忌になる
この後は忌を修める事はないというさびしさと
若くして亡くなった父母である
深い思い出はいっぱいある
きょうだい同じ考へしている
もっと親孝行出来たら良かったと
こうかいしているよ
親不孝者だったね
あの世で泣いているだらうね
ゆるしてね

三月二十三日

職員さん机の上にしゅっとハーブの香りただようコロナ除菌液まく

主人良く言うた勉強せいと

我れの肩叩き出征せる兄

戦地にて餓死する悲しいね

三月二十四日

テレビにて天気の予報士　桜前線つげるけど

我れ思うに
どこからどこまでとは言わないけれど
老人ホームの職員さん　心のやさしさ思いやり
良く面倒見てくれるやさしさは
誰にも出来ない
ホームには春はとうに来ている温かい心
又食事のおいしさ腹一ぱい戴いて居ります
又、汁のうまさ言葉には何とも言えないね　うまさだよ
汁をごくんと飲む一口
その時に幼き頃の亡き母を思い出す
しぜんに涙出て来る
朝食の時の汁はなんとも言へないおいしさだよ
頭下がるよ　有難うよ

御馳走様でした

逃げるすべなく殺される　その日までエサ食べる　仔牛可愛想

玉子かけ御飯がぜいたくの時もあり
今もいささかこだわりもつ
にわ鳥の高価の贈答品であった時代も我れ知る

青空をひとひらの雲流れゆく暖き日

毎食事　味噌汁うまし　春の風

三月二十五日

月照らす　氏邦桜（うじくにさくら）　美しく
老いてますます　光り輝く

三月二十九日

窓北見あかぎ山あほぐ
かんとう平野見おろす
かんとう平野風強し送る
からかぜ強し　寒し

窓開けし　あさまやま白き　けむりはき

近くにいかほ温泉　草津温泉あり

身温まり　身体温まる

三月三十日

沈丁花　いちばん好きな　風がくる

咲いたよと　風が知らせる　沈丁花

菜の花の中　人が歩いて行く

桜の花びら流れて行く
すきとほる水が山から流れ来る
それにのって花行く

卯月

UDUKI

四月一日

菜の花や　単線一両　ディーゼル車

四月二日

まちに待った　桜の開花　散るまでの数日

明日散ると　風にとどく　桜かな

四月五日

春はあかつき　寝足りぬといふ　若さかな

学校のグラウンド　春を歩くや　影法師

四月六日

これから登り坂　自分のペース歩巾で歩こう　山桜までは

鼻唄がつい　もれちゃう春だもの

四月七日

春の散歩　日陰が長く　おいつけず
うぐいすの　声を初めて聞いた　農日記に記ろくする

四月八日

私の住んでいる家は小学校の人口で
職員室の玄関と私の家の玄関が
合ひ向いになっているので
つい子供の事を思ってしまう

学校も桜木が校庭の廻りに
大きな桜も散り始めて
雪のように降り始めているようだと思う
子供もたのしみに入学をしているのにコロナにて
残念可哀想ですね元気で入学してね
コロナに負けない様がんばってね

四月九日

やまびこに　返事を乗せて　春風ふく

四月十二日

春あたたかし　川のふちにとどまる花びら　またのり上げて
川の面に流れて行く　ゆっくりと
あたたかき　春が来たよと　道ばたの　野草花咲く

四月十六日

投げられた石を
投げよかな　投げまいか
まよう我れ

でも友は大事だよね
それともがまんがまんだよね

星空を夕食後にながめる楽しみある
雲がなければ星の輝きは
本当に力強く
こちらに向って来るような気がします
幼き頃父に手を引かれ星空を見上げ
その時の記憶が今蘇って
星を見上げるたびに思いだす
親不幸の娘でした
親孝行は出来ず
ときどき人生について考へる

最後にまちうけるのは老と死常に
それとにらめっこしよと教へてくれる世の中だね
昭和のひとけた何でも物を大事にする　ためるくせある

立春の光の窓を開け放つ
戦後には希望もありて青春も
今は老いわれら声をひそめる

目の前になつかしい風景が広がり
とても心があざやかになりました
ああ私青春時代にしたわすれもの取りにもどりたい
こいのぼり心臓が風である事のよろこびを抱いて

四月十七日

幸せなふりかも知れぬ幸せであるかも知れぬかがみをのぞく

そうだねと私おならに返事する

私は何を伝へたのだろう友に

仏壇から手が出ると母がよく言った

祖父に手向けのたけのこ御飯上がる

手拭いでほほかぶりし

うしろに手組みてぶつくさと
麦踏みしたるある日父思い出す

目の前を影のごとくに夏つばめ

今年の干支の丑が描かれた絵
馬春一番大あばれ
参道の丑かかれた絵馬
春一番にふれてぶつかり合う音がする

月の光　あわれ身にて　さびしさよ
夜が明けない日はないが　朝が来た今日の予定考へる

一人占め　日の出　日の入り見る窓
まど開けしおんがくながしへやくらし
冷い風入れかわる
ぼう立ちのほうきのようなけやきの木
枝間に日がさす青き冬空
昨夜眠れずすぎて窓にさす
日の光があわれみにて

四月十八日

幼き頃祖母が言うた人生は
オギャーと生まれて八十八才になるその時に
お天道様の所へつくのだ
その時まで元気で大きくなるんだよと良く言うた
その時は何言うているんだと思うた
今はそういう時代がやって来た
今はお月様にも新婚旅行に行く時代となる
祖母も昔の人で神様や仏様を大切にする人で
私もそれを見たり教へて戴いて

嫁に来ても役に立ち
ぎりの父母に大事にして戴きました
夫にも己の後をついてこいと
よくあっちこっちに世界旅行に連れてってもらい
今は職員さんにも大事にして戴いて居ります
幸せです

四月十九日

一人身　いつもテレビが友になり
どっちみち不安だらけで生きる我れ
いい句ができたと寝ぼけて書いた

字が読めない悲しい人生だ
認知症が忍び寄って来る
我れ老いても老いても歌いたい
子供だね何時までも子供だね
風の日老人ホーム場の寒さかな
昔はホームの所は畑林だった
風が吹くと砂ほこりが舞って
寒い所だった
今は多少は風當りは少ない

皆んなで元気でがんばりませう

四月二十一日

人間の一生というものは
重い荷物を背負って
長い道のりをとぼとぼと歩くようだと思う
生きていくことはつらいものですね
ため息をつくこともしばしばあるね
身体を大切に
それが人として弱さかも知れぬ
今を大切にいかねば未来ない
人生を大切に
今日又昨日の仕事が出来て幸せありがとう
母のぬくもり手がおしえてくれるありがとう

雪化粧秩父連山
まだ春はこないかな

四月二十二日

四月二十一日内科の医者先生来て
ホーム患者皆さんコロナの予防注射して下さった
職員さん夜中に何回も巡回に来てくれた
体温と脈圧を測ってくれた
ふと気づくこんなに老いていたなんて
老いているからと作り事は出来ぬ
西の風　春の寒さの　風に芽吹きばしり

大樹の枝が影とともにゆれている
朝の新聞をひらきてすぐにて
埼玉、熊谷のコロナ感染の数を見る
あいさつされ　思わずえしゃくしたけど
誰ともわからず　マスクしているわからずにて

冬のちょうちょ　つばきの上を飛んでいる
あたたかい家　においがするのかな
良くわかる家の方に向いて
とんで行くちょうちょ

四月二十四日

ちゃんと眠れないいまままた朝が来る
年々ぐっすり眠れなくなる気がします
ぐっすりとした良い眠りには
深い眠りしっかりとれている事が
大切だなあーと思う

どんな時にでも春を感じる
何想ふでもなく芋を植へる
春風に枝ゆれて鳥もゆれている
今生きているこのよろこびを日々たのしもう
今日は我れ血圧高いって職員さん言っていた

四月二十九日

から松が芽が吹き出る時が美しい
秋の黄葉ではなく
春新芽がとくに美しい
広くひろがる水とも
心洗われる佳景折れそうな母であり昭和の日

皐月

SATSUKI

五月一日

電線のたるみも
少しゆるやかに思える
春の風にゆられるスズメ二羽
仲良くならんでとまってる

五月三日

母を思う　昔は身は　大きく見えた
老いて小さくなった母　いねの花めぐり来た年月経つにつれ
身丈縮む

母の日よ　照らし続ける　太陽よ

母の日や　祝ってくれる子も　母になる

五月八日

車椅子に

良き高さなる

牡丹かな

五月十日

身体とは　四季の容れもの
　ややぬるい　新茶を入れて　五月をみたす

五月十五日

山ぶきは　どれをとっても　山吹色

五月十七日

コロナ禍で　飼いねこ犬までも　太らせる

チューリップの花　どんな色でも　明るさ感じる

花明かりつたいに帰る夜道かな

五月二十日

白梅花空の青さと良く合う

にわの花咲いたよとほめて下さる

老人我高齢者なり
幸せは目の輝きにあらわれる
父良く言うた命ありて物種だ
落葉ふみやわかい日を踏み
あきらめづにやれば失敗はない
春の空　ただぼんやり老人の日
はや葉桜である風にゆられ

葉桜の彼方に広がる空が
葉桜と共にゆれている

五月二十一日

シャボン玉　屋根まで飛べぬ　ものばかり

家に暗がりなくて
昔の家はどの家にも
ひんやりしたほのくらい所があった
今は明るい設計された家

駅長帽　金筋二本　初つばめ
（駅のホームに駅長の脇を今年初めてつばめが威勢よくすりぬける。
つばめの引いた筋が駅長帽子金筋の二本に見えた）

五月二十二日

気づかねば　気づかぬままに　すみれ咲く
思い出に　人はよろこび　人は泣く
うれしさに　悲しみにつけ　浮き沈み

過去をふり向き　走馬灯にもにた　その感傷に
左右される　人の弱さかも知れない

その思いを前に向って歩かうよ
ぐち言はず芽吹く草木を見て
人生もがんばらうね

一理ある人の言葉は役に立つ

ポスト見に出たが　茎の長く立ちなる菜あり　摘む

五月二十三日

春になると　ソフトクリーム冷たくて
でもおいしかったよ　御馳走様でした
職員さんから戴きました　有難うね

通学路　カルピスみたいな　朝もやの
　出口をさがす　黄色の帽子

もう少し顔
ひたいの所まで寄れと
機械に言はれ
体温測る

桜のみ開花が放送されるのは
芸能人のこん約のようだ

菜の花に　幼き頃の　記憶あり

五月二十五日

葉桜見上げる先に青い空
我れ歩巾で歩く

良くはれた朝日出向ひし

しばし合掌す
今日一日幸せ
この安らぎを老いて知りたし有難さ

退屈な日々は
逃げ水のように去って行く
だからこそ昨日と今日を
大事にくらす

脳トレの計算にと
新聞の片面白きちらし切りぬく

五月二十六日

菜の花　風に肺の中まで　黄色くす
すきまなく　青空埋める　老桜
春来たよと　道路のすきま　野草咲く

逃水おいかける人生も
くいのない人生も
たくさんの苦楽　小砂利みがかれたよう
出来る事　だんだんに減って　口惜しい

立ってくつ下はくのも　むづかしくなるほど

どこからか　知恵を学ぶ　今日この頃

春風に　帽子うばわれ　追いかける我れ

五月二十七日

朝廊下を東西に
往復三回歩かしてもらう
歩く途中にて誰かが
後から来るような気がする

振りかへって見る
誰もいない　我れの足音なり

朝日に向い一礼し
今日も一日幸多かれと
又歩き出す

友人が幸せだと言ふ言葉を
聞くだけでも我れも幸せです

毎食事おいしく戴く
とくに味噌汁一口飲む
ひといきつく　うまい

五月二十九日

一滴の目薬が
目に入らず　ほほに流れる
しぜんに泣けて来る

ぐちも言わず　芽吹く草木
身を低く　背を丸めて押し返す
春の嵐の様な風強し

五月三十一日

初つばめ　仲良く並んで　二羽飛んで来た
今日は良い日だ　幸せの日

ほめ言葉　私の前を　通りぬけ

おそ桜咲く　おとぎ話の様に咲く
そよそよと花びら　落ちて行く

毎食事　味噌汁戴く
健康のもと　うまい

やらずに後悔して　この世を去ることが　一番つらい

やりたい事やって満足したと　この世に言いたい

人の幸せは自分の幸せと感じる

本当に大切なものは
過去の中にある

自分の人生は
誰かのよろこびに
繋がっているか
自分を支えてくれる

いつ気がつくか
病を得てからか
それとも人生の終の時か
今かなあー

皆んなで元気でがんばりませう

水無月

MINADUKI

六月一日

耳が言う　イヤリングまでは無理ですと
マスク　補聴器　老眼鏡まで

人生は　地道地道で　花が咲く

ありがとう
人生弱気になると
ありがとうの言葉が言える
大事な言葉だよ

六月二日

職員さん　皆朝元気な声　あいさつ
　人生豊かにしてくれる

荒川にかかる橋　正木橋（しょうきばし）
橋中に立ちて川面を見つめる人　ときどき見かける
かく言ふ私もその一人
川の流れには人間の目を透す力ある
この場所は観光地なり
橋を渡れば　鉢形城（はちがたじょう）の跡地なり

六月三日

母の日に思い出す母は
いつも背中の姿なのだ
口には出さづ
いつもだまって働く
母の目は背中にあった

ローソクの林立つ　松の新芽　美しくあれ

過ぎし日を　思うでもなく
この先を　思うでもなく
さびしい人生だ

腹時計　電池なくても　せいかくに

六月四日

春の空ながめて
休み休み水筒のお茶を
味わいながら飲むうまさ

孫の成長よろこび　我れ老いを知る

六月五日

手洗いうがいに頼る生命線

こんにちは　小学校帰りの少年に
　あいさつされて青空が　いっそう美しく見える

幼き日　うさぎ追いし小学唱歌
　昭和の吾らそんな時代もあったね

風よりも　重さにゆれる　桜かな

ねて起きて　又寝る　心地いいこと人生だ

マスクして　見なれし顔の　お隣さん
　　はずした顔は　見も知らぬ人

向かう夕焼　また明日が来る

何げなく夕焼日に一礼する　今日生きし床就く

今日足跡を忘却せぬ中記す　人の道をあやまる事ないように

ぐち言うも　良い知恵出す人

元気で身体大切に

六月六日

あの国が　好きも嫌いもない　黄砂来る

手帳に書き込み　亦消す　花の冷え

散策体力チェックし　さりげなく吾の歩幅に　合せる孫

六月七日

湯あがりに　保湿クリーム塗りし職員さん　有難うね

大声で　礼儀正しいあいさつは
今の世なれば　迷惑となるかも

西の空に　夕焼かがやき　光るあす来る

六月八日

散る花　おしむごとき　鳥が鳴く

ペダル踏むはやさ　春もかけて行く　風光る

トランペットを吹く　老人ホームにて老人　老人の気持を休ませてくれる
しばらくは音がくをたのしませてくれる　ありがたさ

川沿いの森は　若葉のびょうぶのように　風にそよげり

マスクから　わずかにのぞく鼻先に　汗光らせて
小学生達は　校庭を走る

まねきねこ　二ひきまねきよせられて　若きひげ交わす

六月九日

鳥も雲も　我れの心と同じ年を寄る
友人に　今日は何日かと問はれる
答が頭に浮かんでこない　空を見上げし
青かな

六月十日

戦後は苦学して通学した思い出
終戦の年に晴れて女学校生になった私でした　大変な苦労した
その時は苦にもせず
片道が一時間半もかかるほそうもせず県道も自転車通学でした

かくごはしていました
案の定　通学時間帯は
道沿いにある一家の自転車店前には
パンク修理を待つグループでにぎわっている
粗品多くすぐパンクする
それに代わりにチュウブのない棒タイヤが出て来た
振動してガタカタして力が必要で
こまった事をおぼえています
又翌年はＮＨＫがラジオ体操に来て
朝二時に家を出る　場所にて準備し始まる

にげ水や　昨日と今日は　似てちがふ

小型ラジオのボリューム上げる
昭和の歌なつかしい曲がかかってきた

空き部屋　我れの部屋のベッドに寝れば
天井か壁が話すよ
一人部屋誰も皆同じ部屋

六月十一日

忘れちゃった　笑い流してそれが老い　体力に反比例して口達者

青い葉見上げる先に亦青い空

わたしはわたしの歩巾で歩く

よろめいて　壁ドンとして　それが老いたる独り芝居

風だけは　パスポートなしで滑走路走る

六月十二日

毎年梅酒を漬けるのが初夏の我れのたのしみだったね

梅の実が　熟す時期になった

木でたたかれて落ちる梅の実
たたかれた木も言葉は出ないけれど
おぼえているだらうね

六月十三日

同じ場所　同じ向きにて止まる音　バイクと朝の新聞が来る
下書きしっかりやって　ていねいに描いたような　かべの落書

六月十四日

思っていた顔とはちがった顔だった
マスク下のあの人の顔
マスクの顔が普通になった
人の出会いも変わって行く
無果汁のジュースのような
わたしの命があって悲しみある

六月十五日

コンパスを　使わずにえがいた　円たちは　人それぞれの　個性のように

向いの山の上に　まどかなる月淡かり　梅雨なかばかな

六月十六日

弱きになって言えた人　ほめ言葉　私の前をすり抜ける

葉桜となって見上げる人もなし

生きている　それがだれかの　目標に

洗濯は　心を洗い　明日のかて

手鏡に　心のしわ　映し出す

前を向く　言葉を抱いて　がんばらう

留守に知る母のありがたさ

かたみのような　人差し指の　きずの不便さ

六月十八日

理ある　人の言葉　役にたつ

私だけ　向う夕日　またあした
言い様で　和む背中の　温かみ

六月二十日

風かほるささやくように
梢揺れてる
いるはずのない父の声
りらの花　香り部屋内　亡き父思う

子供には亡き父　我れ夫だよ
父の日に　古びた革のベルト見た
早く気づけば贈ったのに
そう思いながら明日には忘れている

ひとりで生まれし
ひとりで死ぬ
語る時のさびしさよ

とっぷりと泣いて
心をとかしたら
明日がある

人間は人の前で
弱い自分を見せない様に
している

六月二十一日

眠れずに　指折る深夜　フトンの中
取りあえず　元気で行こうよ　今日も
むき出しに見る　自分を見つめる　風呂の中

にこやかに　人の心を　受けてみる　ありがとうと思ふ

ひますぎて　できる事　明日にする

明けぬ夜は　ないけれど　長い夜

かけ布とん　一枚じゃ寒いが　二枚じゃあつい

ワクチンの　打ち放題の　夢を見る

テレビが次次に報じる　不正な事件

関東平野
西に行くにしたがって
高度増していくが
大きな山山ではなく
秩父の峯の夕焼けは
真赤に染る
うつくしいよ

六月二十二日

母思い出す　母親にとれば　我れ老いても子供だね

今も素足じゃ寒くないか　かぜ引くよ

有難いけれど　困ったものだと心配するかもしれないね　親不孝者だね

なやんでも　なやまなくても　明日がくる

ちょいお待ちな　過去の人生　棚おろし

六月二十三日

しゅ味もなく　その日暮しは　ひるねつき

はつらつと　つえでよつ足　どこへ行く
考えを　変えてみようか　歳忘れ
一日一日とあたたかくなり
段段と歩巾延びし
寝転びて　空に花見の　客となり
次々と　咲き競うなり　花道　しばらくたのしむ

六月二十五日

少林寺の　裏山くねる　落葉道　男ばかりの　羅漢が並ぶ
（少林寺は寄居町の古刹。うら山に羅漢様並ぶ。皆男ばかりの古い石像。
男女共同参画社会を目指す目から見ると違和感ある。今をうたう一首である）

お互いに病を持って　仲良しに友がいる

つまづいて　又つまづいている　生きて行く我れの人生

目がさめて　見たいつづきの　夢もある

心にも　雑草はえて　草むしり

朝茶には魔よけの効かありと
言ひ伝へ　鵜呑みにしみている
母の言葉ありがたき
母を思い出す我れ

六月二十八日

桐の花咲く　むかしの農家に　広き土間　我が家にて
お粗末な一生となげく我れ　立派な一生とは
学校へ登校の子供達

いつも手振り朝のあいさつ
下校の時も同じ手をふって帰る
子供達家に帰る

ガンバロー　どう頑張ろうか　老いの我れ

六月二十九日

初つばめを　見つめつゝ
幼き頃の春を思い出す　父母を思い出す

小学の一年生　一の笛でまっすぐに

一れつにならぶむづかしさ
この笛にて集団の生活が始まる
先生も大変なり

おおと手をあげて
笑みつゝ亡き父が
待つ畑のところにいて
我れ今も待っている様な気がする
しぜんに泣けてくる

出来る事　だんだん減って　口惜しい
立って靴下はくのも難儀かな

六月三十日

窓開ければ　初つばめ入る
桜ふぶきの中　越えて来た

風鈴や
生家はいつも
風あたたかし

いつか読みたいと切り抜きする我れ
そうゆう日はないかも知れない
しょぶんしてしまうかわからない

しょぶんしてしまうのは惜しいね
大切にしてもらいたいね

文月

FUMIDUKI

七月一日

よみかけて　競走馬の　新聞を
　見又後で　ひろげて見なをす

なるほどと　人から知恵を学ぶ　今日のこの頃

世の中望まない暗いニュース　かいさんしてもらいたいね

過去の未来より　今日はどう生きようか

我れ老いて　幸せあったはずだと　指を折り

田植の時期なると
子供達に手伝ってもらった農家は多かった
田植に学校も休みもあった
その頃は父母も若かった
色いろの事思い出す

味噌汁うまし　他料理もおいしく戴く

七月三日

電柱が木材だった若い頃思い出す我れ

今日は雨雲が去り　うす日が射す　窓辺にて

朝日受け夕日も受けて柿若葉

毎朝体温血圧を測って
ノートに記録してくれる職員さん
有難さ

老の身を守って下さる守神様だよ

箸立に使ったこともない亡き夫の箸
朝日を受け小さく光る
今は使わなくてもしまっておいても
尊い大切な箸だよ

何時(いつ)も心の中では亡き夫思う我れ
振り向けば実家の方の景色も高齢化しているだろうね

七月六日

年を老いた　我が家の庭にも　花は咲く
亡き人の　夢ばかり見て　明けて行く
眠りが浅いため　夢を見るのかね
木々の葉茂り　みどりがこくなって行く

七月七日

いよいよ夏草の季節
根の深い草背の高い草
これらが一せいにのびてくる

梅雨晴れや　老人ホームに音がく流れる　食事の時にて流れる

杉箸を　割りて戴く　あつあつの味噌汁
一口ごくんと飲む汁　何とも言えないうまさ

種まけば　芽出る事
嬉しさよ　命の多き今も

友よ、家族、皆んなに元気に会へる日を楽しみに待つ我れ
七夕様に一礼する

生きて行くってしめきりのない人生だ

あの頃に戻りたいと思ふだけ

老い家にかえっても何が出来るか
手伝い出来ない人生だ

老齢の庭に今年も花咲く

コロナない月へどうぞかぐやひめ

七夕の願いはひとつコロナ去れ

ああすりゃいいこうすればは何もせず

車椅子に良き高さなるぼたんかな

手のうでまくりのまゝのかたち
我れのシャツ夏の空　高高と干す
うでまくりのしたまゝ干す

忘れる事の出来ない支那事変
昭和十二年七月七日始まる
翌年の十三年七月
南京陥落で
日本中がお祭で
大人も子供も仕事も学校も全部休み
昼間は旗行列で
夜は提灯行列で
日本中が賑わった事は
我れもその中の間に入れてもらった事を
参列させて戴いた事
思い出します

七月八日

淋しいは　痛いひもじいより　辛い
あわてるな　転ぶなと　言はれる
他人さまの　苦労ばなしに　すぐ泣ける
夜寝たなあと思えば　まだその日だよ
ノウテンキさん　むりして食べると　太りますよ

涙を流したあとは案外すっきりする
泣いて笑ってストレス解消にて
おたがいに元気でがんばりましょうね

七月九日

老いの頼み　小さな干しわかめ　食べる
あぜ草の　今朝は色増す　早夏の雨

傘は天気によって音が変ると言ふ
小雨ならポツポツ　雨ならバシャバシャ

ほんとうに　切ないことは　話せない
　経験持つ友に　聞いてもらへる

七月十二日

上等な抹茶よりもしぶ茶がうまし　一口飲む

朝よりも　雨がふくみて　ふんわりと咲く　百日草

咲いては散り　散っては咲いて　百日草

吹きこぼるる麦茶に　朝の始まり

土はえらいよ　たゆまずに咲かす　花と我れ

七月十三日

下りとは　きまってない　老の坂道

早起きした人が持つテレビのチャンネル

こぼれてる　たのしさすくいの　いい老後

七月十四日

生きるのが　たのしみになりそうな　野菜

声高に　雲を呼びたる　雨蛙

七月十五日

ふりかけと　御飯があれば　昼食は

それでよかった　昭和の時代

七月十六日

歩行器友の　背中そっと押して　わずかな前進　助ける我れ

さあ今日も元気で行こうぞと自分をはげますひとりごと

我れ老いて老いてもテクテクと歩く

ざっ草を　抜く手を休め　夏の雲

七月十七日

人生は一生の歩みは
地球一周と聞いている
夕日の空を見ている

人間は生涯で一周分と約四万キロ歩くのだとか　たいした歩みだよ

だれもが生まれた国を遠くはなれて
生きるわけではない
でも今は昔とはちがって
外国でせいかつする人がただ多くなって来た

七月十八日

あの世とも　この世とも　朝もやの路
日暮時　今日の楽しみ　明日の夢見る

歩くのが　歩かず多くなる友に
抜かれてその分
まわりをよく見て歩く
自分が老いた実感良くわかった
廻りを良く見てゆっくりと歩く

なげかないで前向きにて元気にて行こうかなと思う

おたがいの　老いには気づかぬ　振りをして
杯を重ねる　年となる

七月十九日

どこからか　子供を叱る　声がきこえる　初夏の夕暮の路地

宇宙から　長き旅人　帰り来ぬ
（約半年間の国際宇宙ステーション滞在。
広大な宇宙と小さな地球の対比が印象的だ）

七月二十日

夏用の　くつ下はけば　足元涼し　風がぬける

はびこるどくだみの花　長病みの心に　ぐっと効く

竹箸は　滑らなくて冷奴こ　又は味噌汁などに　てきとうだろうと言ふ

古里は　幾つになっても　なつかしく　夢の里

虹消へて　心に虹　残りけり

七月二十二日

古里の車山（くるまやま）より　庭に流れくるごとく
雨後にさいた　くちなしの花

空にてキラキラ光る星　父母の星

赤信号短くて　歩きつつ暑いと叫び　行く男

近道を教へてくれた　日焼の子

＊車山　埼玉県寄居町の山

自家せいの　味噌にかみしむ　初のきゅうり

七月二十五日

暑い夏　うどん　梅干　瓜
(夏の土用のうしの日にはうなぎを食べさすのが一般的だが食養生として風習でうの付く梅干うどんうり等を食べさせてくれた母)

七月二十八日

雲　一つひとつずつ　去って行く

扇風機しづかに　ゆっくりと左右に首を廻して　風を送って
世のため人のためにに働いてくれる　有難うよ

月見草と起きたばかりの朝顔に会う　早朝散歩する

七月二十九日

我れ若き頃　亡き父より送って頂いた青竹を踏み

足の冷えむくみと　風呂上りに良いとの事　使った思い出

初蝶や　行く先きめづに　風にのる

永き日や　あともう少し　畑仕事

曇り日や　傘をもって見たが　かさを立てし　杖かわりにて歩く

七月三十日

つばめ天と地を飛び廻る

初夏を待つ季節をまつ畑

ホームにてお世話になっている方が幸せだよ

老後になっても今年も花咲くよ

葉月　HADUKI

八月三日

長い人生　宝物　ごうかな実は　何もなし
ただ茂木家を守って　子供達が大きくなってくれた
正直に働いて来ただけ

老人ホームにて　職員皆さんに　大事に親切にして戴き　一番幸せだったよ

八月四日

人が人を見ているから人の事を色いろ言ふ
自分のことが見えてないから他人の事ばかり見える

自分のことをゆっくりと見てみよう
ゴム伸びる　私はちぢむ
着た着物は　づれて落ちる

鉛筆に　くっついている　消しゴムを
　早く使い切る　我れの性格

毎朝出来たての空気をもらう

八月来る
忘れよう空しゅうの悪夢
暑かったわね　防空頭巾

八月五日

あなたもあなたも　手を振ってたね
笑いあう　手を振る事が　会う事になる

ごきぶりに悲鳴　友ひとたたき
（ごきぶりにひめいを上げながらも手近な物をにぎっていちげきを加えている）

亡き友の　息子出世の　新聞見て
わが事の用に　よろこび合う

八月六日

思い出は　砂丘のよう
　歩いては　沈んでしまって　前に進めず

生まれ落ちてすぐに立ち上がる牛の仔に
母親のやさしさ　顔がすぐに近づく　からだなめて

遠き日の　家族のごとく　寄りそうて
　ほっと色づく　ミニトマトの実

先行きが見えず　コロナのせいにして　コロナなくても先見えずいる

さびしさが　結晶となり　降り積もり
夢の中から　出られずにいる

あかすぎる　夕焼は空が　目にしみて
生きているって　生きて行く

八月八日

足腰は老いの頼みぞと　しらす干し食べる

八月十日

亡き父親と弟を偲ぶ
昭和十年　春の事　用土駅より八高線に乗り
汽車は生れて初めて乗る
おどろきとうれしさとで胸が一ぱいでした
父に観音様に連れてってもらう
とうちゃくした
まだ足場がくんであって登る事は出来づ
でも職員さんがいて上れるようにと道も広げてくれた
上までは行けなかったけど途中にて
引き返って来た
何時でも高崎の話が出ると思い出す

観音様に幸多かれ一礼してかへる

弟の事だけど
弟は第二横浜の遊園地を拡張成型した
次に横浜と千葉県との海の上の通路拡張成型して
橋が出来通過した
出来上り　我が家の仏様に線香上げに来てくれた
千葉県からわざわざ来てくれた
それからまもなく身体悪くなる

八月十一日

何もかも　刎ねて行くなり　草刈機

八月十二日

糸トンボ　雨の日葉のうらがわに　ぶらさがる
ほっそりとして　はねをとじて　雨宿り

炎天下　にらみ見つづけてる　鬼がわら

隣の子　呼んで見せたい　蛇のぬけがら

母の手は　家族のための　手だった

よく働いてくれた　ありがとうよ

ひらりと風にのって　流れるように飛ぶ蝶
そんなふうに生きてみたいね

梅雨が明けたら天の川鑑賞できるようになりますね
ただ老眼近視の我れにはもやっと明るいおびに見えるだけ
星々は全く認識できません
ひこ星とおり姫はどこにいるやら
遠くぼんやりしか見えない星になるよりは
世のうつり変わりを見ていいたい気もする
幸せな　家族の時期も　ありしかな

八月十三日

終わりない夢見て迷い道
この世に生を受けてから
見る夢のかずは計り知れず
それが生きる証しとは思うが
夢は夢として
胸に抱き進むべきで
現実のきびしさを忘れ
道を忘れ　道をあやまり
迷う手をかざす

明日には光る夢がある
夏風の葉ゆれる音は
思ふままに
今日も一日元気で頑張らう

八月十四日

杉の箸を割って頂く　夏の料理色々品々を
あつし味噌汁なんとも言いようもない　おいしい汁だよ

街路樹の
歩道の影や
夏はじめ

もう母のつまぬ　ふき茂る庭

盆の月　孝行の旅は　一度きり
（親孝行にと老いた両親を旅行に連ていったのは一度きりで終わって、
盆の月を見上げて、その旅をなつかしく思い出す）

八月十五日

友達を思いつゝ　あと一歩一歩と行く人生だ　皆んなで元気で行こうよ

八月十六日

人生は前向きに生きて行こうよ

あたり前があたり前ではない

あたり前が生きているのがあたり前だよ

八月十七日

停車場　それぞれなやむ　人生だ
人生は　気づくかどうか　分かれ道

我れ生きすぎた
内心はまだよ
老いのたのしみ

先祖様
今日かへる（昨日かへった）
あちらがどんな世界なのかな

先祖様は
秘してしゃべらず
きっと知ったらすぐに
行きたくなってしまうかも知れないね
ごくらく浄土なのでしょうね
片道切符しか準備してないでしょうね
迎えにくるまで元気で頑張ろう

八月十八日

鉢形城跡の林を抜ける　梅雨のつばめ

椅子に座りこみ
ラジオ体操たのしむ
老いた我れ

農業に定年なし　日焼の顔

手短に　うまく話せず　このつらさ

あいにくの雨　予報士言っている　野菜大きく生きているだろうか

八月十九日

ただいまと同時に
マスクをはずす孫達
はあと息つく
子供達が可あい想で
気のどくにおもわれる
早くコロナなどなくなってくれ
マスクしたくない
万人の願いだ

亡き夫がかわ靴良くはいて歩いて
咳払い一つ

亡き夫のくせを思いだす
すてる前にぶかぶかのくつをはく
夫のにほいがするような気がする
すてるくつを早く気づけは
贈ってやったのにと思いつつ
明日になったらもう忘れていた
我れさびしい人生だ

八月二十日

両手上げて　初秋の風受けて

夢の中から出られずに先き行きが見えず
コロナのせいにしても見えず

老い行くに話す言の葉とんがりぬ
先の見えない事多くて

古里や　どちらを向いても　山と畑ばかり

老人は健康に寄りそう

おたんこなす　久しぶりに聞く　口げんか
　言われた人の　はじける笑顔

八月二十二日

年をとって来る
今までできた事もできなくなる
つるつるしたラッキョウがつまめなくなる
それでも良しとして
まだまだ大丈夫と思ふわれ

おたがいは　老いにはきづかぬ　杯を重ねる年となる

我が孫を　守りたまえと　今日も杖をつき　のぼる神社の坂

カレーパン　サクッと甘し　夏の昼

八月二十三日

あたらしき　縮みのシーツ　さらさらと
　　　　眠りに落ちる　我れ幸せ

職員さん皆さんが大事にしてくれる老人ホームにて
約束は信じる他はない人生の道だ

前向きに生きて行かうよ
未来の風がにぎっている

それが老いのじまんの人生だ
今日も又朝日と共に生き行く路
今日も一日幸多かれと祈る

今日も元気でね　頑張りましょうね　友よ

跳び箱も　とべずしゃがんだ　日のような
思い出見つ　友の笑顔を

飴を　なめながら　90才すぎの
我れせみの声　しみじみと聞く

地下足袋を　十枚コハゼ　ピンとしめて　畑にネギ植える

すり傷を　水道水で洗ふ　ひる休み

背をのばし点眼　目を閉じ二秒後開き　目ぐすりつける

一滴の目ぐすりが　目に入らずにほほにながれ　しぜんに泣けて来る

八月二十四日

つくづくと　地球一つ　夏の星

マスク顔　どれに吠えよかと　迷う犬

食べて寝て　極楽なのに　我れ幸せだ

炎天下　火傷しそうな　洗濯物

八月二十五日

コロナにて　面会は出来ず

窓越にて　ほろり涙出る我れ

誰よりも　逃げ足早く　忘れ物

別れ際　相手のすがた　消えるまで
見送れと父に　礼儀おそわる

取り越し苦労はせずに　今やるべきことに専念する
そうすれば将来は　後悔しない正しく対処できる

すぐに　父の顔に似てくる　夏の雲

八月三十日

我れ老いて
老いても老いても

親がいる子供だね
いくつになっても子は子だね
親が思う心は
子は半分

父親思う
親に孝幸したい時には
親は無し

我れ老いて
老いるほどにて
親を思う心は強くなる

若き日は還らず
もうこんなに重い靴をはいて
歩く力はない
目をとじれば山の坂道は
若き日の輝きとしてよみがえる

歩くたびに　日傘の中　風そよぐ

表札　たしかめてたたむ　日傘かな

眼じゃなくて　メガネのくもりで　安心し

長月

NAGATSUKI

九月九日

花火見に　背を向け早めに帰る道にて
　月はまんまる　満月月下だ

強き風になぎ倒され　稲の田のかかし　かたむきて立つ

稲の穂黄色くなりて　実り待つ

辿り来し　ぶどう畑　真向かいの
　山路に立ち　長き篠竹　ぶどうの実見らん

米余りこの世にても　豊作祈りつつ　穂の田の水を見て廻る

音のみの　花火見上げる　老人ホーム

九月十日

コスモスの花に声かけ
きれいな花咲かせてくれて有難うよ
また来年もさかせてね　声かける
東窓の所にある花

九月十二日

日盛や　空青々と　あるばかり

持った夢　成長につれ　しぼんで行く

ことのほか　外出の支度に　手間取りに
　　　かべによりつつ靴下はく我れ

秋風の　畑にトラクター　乗り入れて

ずんずん進む　秋の畑

秋を知らせる風の涼しさ　気分もさわやか

今日は秩父峯よく見える

秩父山々がくっきりとよく見えている
空が澄みきっている
ようやく秋になったのかという感じがする

日の出を待ちて畑ではたらく
日の出の時刻は日々どんどんずれていくので
太陽とともに暮らす人
時間ではなく　太陽にしたがってはたらく

九月十三日

今年も早いものですね
一年の半分以上がすぎましたね
痛い足歩いて治す信念は
昭和生れの心意気でいる我れ
年齢にはかてないね
がんばるしかないね

毎朝廊下往復三回
歩かしてもらう職員さん
言葉かけてくれる
元気を頂く有難き

生きている
だからなやみも
ついて来る
我が人生だ

衣服ぬいだ
亡き夫の匂いが沁みついて
夫が立っているみたいに感じ思い出す

あら川のなみ風にうたれしいねのほ
いねのほ風に大きく打たれ
そこよりスズメ一羽飛び立つ

風去りて田の稲見廻り
夜空に大きな花火の音
音と音　重なりあった
音きこえるだけの音

九月十五日

まちにまった今夜は
十五夜の雲切れて
月からはくしゅが上がる

九月十六日

夏の雲　きれいだなあと友言ふひとりごと

人々に共にあり日恋のように
　　空家の庭に咲くさるすべり

消しゴムで　消されることもあるけど
おしゃべりの好きな　我れの鉛筆
大盛にて入る

九月十六日　一番風呂にて人生初めて

長い手足を洗って戴く
身おぼえて初めてだ一番湯
長生きして良かった

月見草　思い浮かばせてる　金木犀
　秋のけはいを　いいにほい長く思はせ

九月十八日

九十数年前の日九月十八日を知っていますか
この日は中国東北奉天線路がばく破される事件が起きた
満州事変九十年前九月十八日

今日の日を忘れずに心にとめておきたいものです

九月二十六日

朝ごとに
三種の鳥
鳴き声が
目さめおこされ
どんな鳥かな

老化なる　果(はて)しの旅路を　独り行く

長崎の　鐘を聞きつつ　始まった

戦後を今も　生きる我れらは　皆元気

九月二十八日

風がつれて　遠き秩父峯より　トンボ来る

りょう方の　言い分を聞く　扇風機

（二人の人物が言い争いして　それぞれの言い分を聞くように首を振る扇風機
その風でいかにも涼しい気分になる）

風鈴の　去年の位置に　落ちつかぬ

入道雲が　秩父の山に腰掛けて　雪だるま作っている

努力の波に乗る人と乗らない人
横道に少しずれる　でもたのしけりゃそれでいいのさ

何か食べておいしいと過ごせる日々に笑み浮ぶ

雲一つない青空のあつさ
　　雨上がる水たまる夏の空

きょうも皆んな元気でがんばりませう

九月二十九日

一筋の　飛行機雲に　梅雨明ける
（他の雲にじゃまされることなく　ひこうき雲が青空に伸びて行く
それを見上げる気分も　梅雨明けらしく晴れやかだ
飛び交うコウモリも南国めく）

ひかへ目ひかへ目に　ゆれる小判草

雨上がる　水たまる夏の空

北山は　今朝はけむりで　もどり梅雨

萩の花　重なり合って　ゆれ合うハギは
枝も葉も重なり合う

虫の音を　かすかにひろふ　半夜かな

雨降る近くなった証しに
引き出し　動きが悪くなる音

九月三十日

何事も気楽に　たのめる神だのみ

頂点は見えずあおぐ老の坂道

ていねいに歩くと我が身の影がよく見える

ペンの先に丸いボールに夢のせる　椅子にすわれ

日盛や座ればベンチ風が呼ぶ

神無月

KANNADUKI

十月五日

友寄れば　くすり見せ合い　展示会
　笑いばなしに　元気がやどる

今年米どさりと置いて友さりぬ

いねかりや　遠くにいる友　夕日差す

十月九日

おとな打つ　太鼓に合わせ

子供秋祭り　みこし野の道を行く
水色のはかま穿き　衣着て
のりとをあげる　女神主

灯を入れる　祭りの提灯を軒に下げ
いたむ足　引きずりながら
歩く一歩また一歩

神だのみしたいけど　神はるす

味つける前に日の光当て
味も良し　かおりも良し　山のきのこ

林の中　原木にきのこ種打ち込む

雨をしのぐ木の枝の　夜つゆ待つだけ

むぎの穂　風に大きくなみうちて
お供物を食べに来たる　ハト一羽

あつき日にさつま芋ふかし食べた我れ昭和生れ
さつま芋おひさまに当ててなおかんそう芋うまくなる
長く待ちたりたのしみがある

十月十五日

ラブレター　青いインクや　神たすけ
（ちょうど神々が出雲へ旅に出る季節なので我れに力をあたえてくれたと思う
ありがとう）

十月十九日

窓の灯の数だけ　長寿の人住む老人ホーム　皆元気

朝晩の冷え込みに二度寝したる
　五体まんぞく夢にさまよう我

黒板に　消えかけし詩や　夕時雨

雨戸しめる音乾(から)びて　寒さに入る

回復のかすかな望み　冬の木の葉

消毒が　日課になった　老人ホーム

忍者の如しごきぶりが走るかも知らず

日食も月食も正確に　よそくする人間も
コロナ知るべき果て

どうか良き日になりますようにと神に願う

田のかかし　物干し竿のように
雨で腕が濡れても　そよ風でかわく

夜空に　花火大きく開いた瞬間の思い出

母の火もらう　線香花火

朝日がさす　亡き父母の

昭和の強きいねのほ

いね刈や　我が背に夕日　当たりけり

いねのほ光りあびて　棚田のいね育ちけり

余り苗　今は青田となり実りをまつ

真向かいに　西日当たる　いね刈や
米作り　この世豊食でも　実り祈り

十月二十日

わたしの子供の頃の秋　いつも良い天気だった
空高く青くすみきって　空気もつめたくて
さっぱりして気持が良かった
十一月に入ると学校で運動会があった
天皇陛下　明治天皇

又りっぱな人のたん生日などの運動会あった
雨は降らなかった　降った事はなかった
運動会には子供たちの家族　たくさんの家族が
おうえんに来てくれてにぎわった
うちでもかならず父母が来てくれた
この日のノリの巻いたオムスビ　卵やき
何とおいしかったこと
その後　母　からだの具合悪くなり
何にも食べたくないと言ふ
妹弟三人で枕元に
卵やきとごはんを持っていってやったあとで
あの時はおいしかったと言ふた
あんなに早く死ぬなら

もっと早くやさしくしてやりたかった

十月二十三日

針仕事する窓のそと　鳥の声

二歩足らず　一歩で余る　花の道

石段を上がって行く
　　　　　その歩巾が中途半端なので

松林に入る　はぐれる人　きの子持ちて来る

何人かで　きの子取りに行き　途中でいなくなり
心配して出て来た　ひみつの場所知っていた
しいたけ取って出て来た

十月二十四日

ここが少しいたいかなあーと思う　パッと元気が出る注射

日の出待ちて畑ではたらく
日の出の時刻は日々どんどんづれて行く
太陽とともに暮らす人は時間でなく
太陽にしたがって見える内は畑にて働く

立ち上がる　猫前足で　はえを追ふ

このねこは　たたかってくる　はえを本気で

はしゃぐ子も　いたずらっ子もあり　蛍の夜

草むしり　軍手の指に　穴あく

十月二十五日

時代でね

ガソリン上る

我れ手を上げる
こうさてん
我れ
母のんき
我が子仕事を
がんばれよ
運と幸せ
つづいて来るよ

忘れる事なしリハビリに　はげまなくてはならない我が足よ
一歩一歩又一歩と　廊下をあるかしてもらう

十月二十六日

どんな花咲くか
小さな種に
花のたねを蒔く時
こんな小さな種から
どんな花が咲くか
きたいで胸がいっぱい
虫よけは　肥料は　どのくらい
手入れは大変だ
きれいな花が咲いた時は
よろこびはひとしおです

十月二十七日

農作業は
運動栄養交流の
三拍子

今日も元気でね
友よ　頑張ろうね

十月二十九日

何時もゆめ見る　ゆめがゆめ見て生きて行く　我が人生だ

深呼吸　老化にはブレーキ　ついてない様だね

生きている日び　巻きもどせずに　なつかしく

十月三十日

九十才過ぎし　まだ効いている　母の釘

夢でいい　一度でいいから龍宮城へ　連れてって

なやんでも　何とかなって　今がある

四辻に立てば全身秋の風

青春の　夢乗せ汽車　上野えき着く

何事も　無いよな顔で　時が過ぎ

十月三十一日

十月二十九日昼食時　くりごはん湯気立ちたる　温きくり

御味　食なつかしく　色々の思い出味かみしめながら戴くくり御飯

花の名も　良くわすれてしまう　わすれ花

柿の木に　ヒヨドリ鳴く声がして　手押車をおす我れ

窓べにて　何となくさびしく感じいる　今日も幸い多かれと祈る我れ

霜月　SHIMOTSUKI

十一月一日

卒寿迎え　我れ震災コロナ　次は何

物忘れ　気付くうちは　まだ軽い

大抵のことは許せるとしになり

初めから物は無いと思えば惜しくない

十一月二日

食べすぎの　注意も勝てぬ　美味い秋

山影や　風の黙せし　吾亦紅（われもこう）
　サンダルの日焼けの　娘足

今日は　金のなる木に手を合はせ　幸多かれと

十一月三日

寝てもよし　起きてもよし　夜明け前

最高の　短歌詠みて　これで良し

すらすらと書きて　夢からさめる

現実にはもういない母　読み手の追憶を呼びおこす

十一月四日

芋穴で抱き合い
てき機去るのを待つ
傘寿の我れ戦争の記憶あり

思うこと　ぐっと飲み込む　とし（年）なれど
迷いゆらゆら　手すりに頼る

ゆるやかな　坂の途中に　まさかがある　気を付けよ

十一月五日

湯上りさっぱりした
山の空気足うらに吸う
ひんやりさせて呉れる

手話は見ているだけでもたのしいね
出来たらなあと思う我れ
手習いになる　運動にもなるし

良い事だと思ふだけだがね

すらすらと　出てこない言葉　秋の風

とうふの味の決めては水にあるという
新米そのものを味わうのはむすびが一番だが
母がにぎってくれた
他にはないおいしいおむすびだった

虫の声　日々高まりて　長き夜の
　　　枕につもる　昔かな

秋の夜や　踏切の音　遠くなり

十一月六日

幸せなふりかも知れぬ　幸せであるかもしれぬ　カガミをのぞく

令和から　昭和にもどり　令和へとかえる　用土駅の列車

これからの　人生ゆっくり　走ろうか
　時速もそんなに　出さないでゆっくりと

十一月七日

春の初めは春の先で
一言で秋の初めは秋口とゆう
春の口　秋の先　では語感が良くない
イメージが湧かない
ドイツの人が気づいて
日本語はむづかしいねと

十一月八日

良い高級のボールペンと思い　しまい込み

粗品のペンを使う始末　我れ人生

こつこつと　生きる春秋　草の花

静かな秋の夜や　シャープペンシル
（芯が折れる　静かな夜には自分が今使っているシャープペンの芯が折れる音も
よくひびく　ちょっとビックリとする）

風が散らすのも　水に浮かばせる物もある

タクシーってどんなの
なんなの　なんだらう
どんな人がのっているのかな

一度でいいからのってみたい車は
いっぱいあるけど
タクシーはちがう気がする

十一月十日

秋来て身体寒い　ひざに朝新聞戴く
よませて戴く　ありがたさや

十一月十一日

十二月来る　忘れよう
空しゅうの悪夢
でも暑かった防空頭巾

十一月十三日

人生につかれ果てたる日もある
我れをはげましてくれる友もいるし
秋の雲がきれいと空を見上げて
我れひとりごとゆふ
この頃はひとりが気楽

赤とんぼ　雨上りすぐに　立ち直る
　　　　野草もすぐ　元気になる

西の空　光る夕日が　窓から見える
地平線　何とも言えない　美しい眺め
冬の夕焼け　初ソリの頃

窓から見える東の空のかなたに
赤黄青の七色の虹が出た
何とも言ひ様のない　きれいな美しい眺めだ
虹は天のおくりものだ
窓開けて見　秩父山々を並べて
しづかに眠る

十一月十五日

朝ごとに　鳴き声で起こしてくれる　どんなとりかな

いつの間にか　雲のかたちの秋めきぬ　うす曇る

打ち水の　たちまち乾く　日和かな

十一月十六日

体力が　夕日の如く　沈下せり

子育ての頃が花だと
母子手帳に亡き母がしるす

今やろう　明日はないかも知れない

あの世へは　予約はいらぬ　あわてるな

天国ってどんなところ　空を見る

訪ねくる友もなければ
訪ね行く友もなし
老人の我さびしい人生だ

面会に来て
コロナにて母に会えなくて
預りしカーデガン
取れたボタン持ってかへる娘

おつまみの柿の種何粒か戴き
茶の友に大事に戴く

天はみづから助けに来る
神の愛は良く見ている

良い事悪い事でも良く知っている
車椅子　孫が押してくれ　畑のあぜ道歩く気で
働ける時の事　思ふ我れ

十一月十七日

月見
秋の夜
虫の声によばれて
外に出た
あゝかがやいている

月だ
これが見せたかったのか虫たちよ
有難うよ有難うよ

十一月十八日

腕振れば　足伸びず　千鳥足
右足を　使っておくれよ　左足
おばあさん　と呼びとめられては　知らん顔は出来ないね
しみじみと　我が老いを知る　人生だ

字は上手には書けないが
夜が少し長くなったので
ついつい書きたくなる

十一月十九日

朝起きると何時も茶出る
戴き　廊下往復三回歩く
東に行く　窓に向い　朝日を拝む
昔思い出す　目の下の道を眺める
我子三人を自転車に乗せ実家に行く

祖父は八高線にて用土駅でおりて
藤治川のほとりを歩く私の実家に行く
毎朝昔を思い出す
祖父は実家の親達　親の友人等と
伊香保又は草津温泉に行く　再々行った
今は皆親もあの世行き

廊下歩く後から
誰かゞついて来るような
きがする
足おとがする
ふり返り見ると誰もいない
我の足おとなり

皆んなで元気でがんばりませう

十一月二十日

一言が　心に残る　置き土産　気のせいか時計が　早く回って来る

青空に　洗濯物が　フラダンス

安らぎの　夜より希望の　朝が好き

大根干す　どの一本も　日に向けて

しばらくすると　しんなりする　つけ物にする

十一月二十一日

草笛の　主は富山の　薬売り
戦後はるかなる　音風景

人にめいわくかけづに　自分のためのみにつづける
歩みつづける事が出来る足がほしいね
自分の人生のたのみ

幼き頃　父に手を引かれ　星空を見上げ

その時の記憶がよみがえって
よい思い出に
星を眺めるたびになつかしく

十一月二十三日

長き夜や　声出してよむ　短歌かな

ものの影　ふみつつ歩く　良夜かな

山々が燃えるような紅葉だ
早朝の寒さにたえるはだかの木

十一月二十五日

秋の日　いろり
南部鉄瓶鳴りつづく
秋冷え寒くなり
どこの家にもいろりあり
たきぎ燃やして身をあたため
古里へつづく空見上げ見て
手を合せて祈る我れ

十一月二十九日

茄子の木抜けば
背の高さより根張る

美人すれちがってとおる
良いにおいする
もう一度通ってもらいたいね

雲が我が人生のごとく
一なん去って又一なん来る
晴れる時来る我と幸せまつ身

コスモスの花　今年は白い花多い
いつもの年　コスモスの花　色とりどりの花が咲くのに
今年は白の花多し
コロナ病の事もあると感じる

十一月三十日

大穴に　沸くや秋の　競馬場

また延びた　予測つかない　人生の道

枯れるまで　頑張ります　我が余生

姿勢よく　歩けば少しは　若返るかなー　ひとりごと

秋の空気　おいしい朝

千秋楽　横綱同士が　気にかゝる
息詰まる実戦だったね

師走

SHIWASU

十二月一日

人生も　残された時間は　多くなけれども
　無駄な時間も　必要である

総選挙　渡りたいけど　橋がない

一歩引く　ユトリを持って　友ほめる

泣きごと言わぬ約束　足のうら

我が道を行く　照らす亡き母の古手紙

一滴の雨だれもなる　ペンの先

誰でもいいさ　戦争しない人ならば

何時の世も　生かすな殺さず　あーにくい

起きぬけにて
職員さんから届けて戴く　温き朝茶
一口飲む　喉うるわす　うまさ有難さ

亡き夫、父母、仏様があたまに浮ぶ
ありがとう　ありがとう

十二月二日

誰からも　なしのつぶての　さびしいぞ
　　　　老いて行くとは　こうゆう事か

誰もがこの秋
おだやかな日和を
たのしみたいと思っている

秋の川　石になじみて　流れけり

石はうごかず　水はよどむことなく　流れて行く

十二月五日

温暖化と言ふが寒い　ふところも寒い　実に寒いよ

十二月七日

東の窓際にて　お天道様に向かって
幸い多かれと　一礼する
正直に　咲いても何も　言はぬ花

つまづいて　路ばたの花に　はげまされ
おい風も　後ろを向けば　向かい風になる

十二月二十二日

職員さん来る
元日の日に間に合うように配達に
年賀状書く
今日は冬至ユズ風呂に入る
ユーズの利く人間になるようにとの事

今日は冬至のおかゆ戴く
山おくはこぶ雪だるま　言葉かけても返事なし
そのうちとける　かわいそうだな

十二月二十七日

親思い出してゆく
親の世の中には
親のない子はいない
今日は寒い風強し

降りつもった紅葉上を歩く女

一歩一歩母の姿

かけがへのないひとりの女

会いたくても会えない

遠くの家族に会へないない友人にも

近くに人のなさけ

十二月二十八日

お月さま

お月さま何食べて大きくなるの
寝るだけで大きくなるの
うさぎが　はいどうぞって
おもちあげたかな
月が夜に大きくなるのは
うさぎがついたお餅を
食べるからなんだね

十二月二十九日

人間は病気に負けんじゃないよ
じゅ命と思い

親から戴いた身体
いついつまでも大切に

十二月三十日

年月がたつにつれ　思い出残る夫
好きだったビールと酒
一つずつ仏様に上げたいね
天国とごくらくは
どっちがらくなのかね

あの世にも
かねもちとびんぼうは
あるのかね

我れ人生も幸せだ
皆さんに大事にして戴いて
有難うよ

来年も皆んな元気でがんばりませう

おいのみち　おたがい様と　なき笑い
（埼玉県寄居町ようど俳句川柳コンテスト準特選）

著者プロフィール

茂木　希美與（もてぎ きみよ）

1929年（昭和４年）埼玉県大里郡岡部町（現深谷市）生まれ。

1953年に結婚。寄居町在住。

酪農業を夫と営み二男一女を育て上げ、2000年に夫と死別後、一人で農業を営み、農産物直売所に野菜を出荷。

90歳のときに体調を崩して特別養護老人ホーム「花ぞの」に入所。

趣味は俳句・短歌・川柳を毎日綴ること。

94歳キミちゃんのひとりごと

2023年10月15日　初版第１刷発行

著　者　茂木 希美與
発行者　瓜谷 綱延
発行所　株式会社文芸社
〒160-0022　東京都新宿区新宿1－10－1
電話　03-5369-3060（代表）
03-5369-2299（販売）

印刷所　株式会社エーヴィスシステムズ

ISBN978-4-286-24370-2